_____ 님께

한 해 동안 베풀어주신 은혜와
성원에 감사드립니다.

다사다난했던 한 해였습니다.

어렵고 힘든 시간이 많았지만
늘 함께해준 소중한 분들이 있기에
돌아보면 모두 축복의 시간들로 기억됩니다.

새해에도 변함없는 관심과 사랑으로
더 즐겁고 더 행복한 순간들을
함께할 수 있기를 소망합니다.

새해 복 많이 받으세요!

365, Happy Together!

_____ 드림

Happy Together

나무한그루

양의 가격을 매기는 기준

히말라야 고산족들은 양을 사고팔 때
양의 몸무게에 따라 값을 정하는 것이 아니라
특이하게 양의 성질을 보고 값을 매긴다고 한다.
가파른 산비탈에 양을 풀어놓고
양들의 움직임을 살펴본 후에 값을 정하는 것이다.

가파른 산비탈을 타고 오르며 풀을 뜯는 양들은
비록 크기가 작더라도 값을 비싸게 매기고,
편하게 산 아래로 내려가면서 풀을 뜯는 양들은
아무리 몸집이 커도 싼값에 거래를 한다.

그 이유는 뭘까?

그것은 양의 현재만을 보지 않고
양의 미래까지 내다보고 값을 매기기 때문이라고 한다.
힘겹게 산비탈을 오르는 양들 앞엔
새롭고 풍성한 목초지가 펼쳐지지만,
편하게 산비탈을 내려가는 양들을 기다리는 건
다른 초식동물들이 훑고 간 불모지뿐이라는 것이다.

우리의 내일은
오늘 우리가 선택하고 행한 결과에 따라 달라진다.

나눌수록 커지는 것

옥수수 농사를 짓는 농부가

종자은행에서 구한 신품종 옥수수로

예년의 두 배 가까운 수확을 얻게 되었다.

어느 날, 이웃에 사는 농부가 찾아와서.

자신에게도 새로운 종자를 나눠달라고 간청했다.

하지만 농부는 단칼에 거절했다.

풍성한 수확과 성공의 기쁨을 누구와도

나누고 싶지 않았던 것이다.

일 년 후, 다시 봄이 찾아왔고

농부는 신품종 옥수수 씨를 파종하고 정성껏 가꾸었다.

그런데 어찌된 영문인지 이번에는 수확량이 영 신통치 않왔다.

그리고 그 다음 해에는 더 형편없는 수확을 해야 했다.

마침내 농부는 종자은행을 찾아가 상담을 했고

그곳에서 전혀 뜻밖의 말을 듣게 되었다.

이웃 농가에서 자라는 옥수수 꽃가루가 날아와서

새로운 종자를 열등한 종자로 만들어버렸다는 얘기였다.

풍성한 수확을 혼자서만 누리려던

농부의 욕심이 부른 참혹한 결과였다.

마을에 꽃들이 가득하면

내 집 마당에도 꽃향기가 풍겨나지만

주위에 시궁창이 있으면

내 집을 아무리 쓸고 닦아도 진동하는 악취를 막을 수 없다.

혼자 하는 작은 놀이도

여럿이 함께하면 축제가 된다.

좋은 일은 나눌수록 커지기 때문이다.

결벽증의 진실

아프리카의 밀림에 자생하는 식물 중에
'우츄프라카치아'라는 특이한 이름의 식물이 있다고 한다.
이 식물은 이름보다 더 특이한 성질을 가진 것으로 유명한데,
무언가가 자신의 몸을 건드리면 시름시름 앓다가 죽고 마는
독특한 결벽증을 가졌다고 한다.

그 독특한 성질에 관심을 가진 한 식물학자가
오랜 관찰과 연구 끝에 놀라운 비밀을 밝혀냈다.
치명적인 결벽증을 가진 줄로만 알았던 그 식물을
오랜 시간 쓰다듬고 만져주자,
우려했던 것과는 달리 싱싱하게 잘 자라났던 것이다.

결벽증으로 비춰졌던 우츄프라카치아의 특이한 성질은
어쩌면 지속적인 관심을 바라는 갈망이 아니었을까.

사랑의 반대말은 증오가 아니라 무관심이라고 한다.
관심이 사랑의 동의어인 셈이다.
무관심은 증오보다 가혹하고
관심은 사랑처럼 온화하고 친절하다.

관계를 만들고, 사람의 마음을 움직이고,
세상을 조금씩 바꿔가는 일도
작은 관심에서부터 시작된다.

공작을 부러워한 참새

공작의 우아한 자태를 닮고 싶은 참새가 있었다.

참새는 매일 고개를 쳐들고 꼬리털을 펼치며

공작의 걸음걸이를 흉내 냈다.

하지만 참새의 공작 따라하기는 오래가지 못했다.

목과 다리가 아파서 견디기 힘들었고,

우스꽝스런 걸음걸이 때문에

다른 새들의 조롱거리만 되었던 것이다.

결국 참새는 공작 흉내를 포기하고 말았다.

그런데 문제는 그 다음이었다.

공작 흉내에 너무 집중하다보니

정작 자신의 본래 걸음걸이를 잊어버린 것이다.

그때부터 참새는
통통 튀는 특유의 걸음걸이를 하게 되었다고 한다.

자신의 인생에 롤 모델이 있다는 건 행복한 일이다.
하지만 분수에 맞지 않게 무작정 따라하다가는
정작 가장 중요한 자신의 모습을 잃어버릴 수 있다.

"이 세상의 모든 사람은 각기
그 사람만이 할 수 있는 무언가를 가지고 있다."

맛있는 풀과 맛없는 풀

시골 마을을 여행하던 한 사내가
골목을 지나다가 특이한 풍경을 목격했다.
나이든 농부가 소에게 먹일 풀을 외양간에 던져주지 않고
지붕의 처마 위에 올려놓고 있었던 것이다.
목을 길게 늘이고 긴 혀로 어렵게 풀을 감고 있는 소를 보며
사내가 나이든 농부에게 물었다.
"어르신, 소에게 먹일 풀을 왜 외양간 바닥에 놓지 않고
저렇게 힘들게 처마에 올려놓는 겁니까?"

농부는 누가 들으면 안 되는 비밀이라도 털어 놓으려는 듯이
조심스럽게 사내에게 다가와서 작은 목소리로 속삭였다.
"사실 이 풀은 맛없는 풀이라오. 맛없는 풀을 바닥에 그냥

던져주면 소들은 거들떠보지도 않지만, 이렇게 먹기 힘들게 처마에 올려놓으면 이놈들이 무슨 수를 써서라도 풀을 끌어내리고 남김없이 먹어치운다오."

사내는 나이든 농부의 지혜에 탄성을 질렀다.

세상에는 절대적인 가치도 있지만
상대적인 가치를 갖는 것도 많다.
어떤 과정을 거쳐서 얻었느냐에 따라서
그 가치가 달라지는 것이다.

우리 삶에 소중한 것들은
결코 쉽게 얻어지는 것들이 아니다.
지금 우리가 겪는 어렵고 힘든 일들은
마침내 우리가 얻어낼 것들에 대한 가치를 만드는 과정이다.

망치질 한 번의 가격

시간 당 수십만 달러의 제품을 생산하는 공장에서
생산라인이 갑자기 멈춰 서는 사고가 발생했다.
공장의 모든 기술자들이 모여서 살펴보았지만
정확한 고장의 원인을 찾을 수 없었다.
하는 수 없이 외부 기술자를 부르기로 했다.
생산라인이 멈춰 선 시간만큼
공장의 손실도 늘어나기 때문이었다.

전화를 받고 한 시간 만에 도착한 기술자는
한참동안 기계를 꼼꼼히 살펴보더니
공구함에서 망치를 꺼내 들었고,
한 치의 망설임도 없이 힘껏 기계를 내리쳤다.

그러자 마법처럼 기계가 다시 돌기 시작했다.

그 광경을 지켜본 사람들은 놀란 입을 다물지 못했다.

더 놀라운 것은 기술자가 요구한 수리비였다.

출장비와 수리비 명목으로 무려 1만 달러를 요구한 것이다.

공장장이 기술자에게 따지듯 물었다.

"아니 망치질 한 번에 만 달러라니, 이거 너무한 것 아니오?"

그 말에 기술자는 이렇게 대답했다.

"망치질 값은 고작 십 달러밖에 안됩니다.

나머지 금액은 어디를 때려야 할지 찾아낸 값입니다."

어려운 문제일수록 쉽고 간단하게 해결하는 사람,

그런 사람을 우리는 고수라고 부른다.

고수는 결코 하루아침에 만들어지지 않는다.

오랜 시간, 피나는 노력 끝에 오른 자리가 거기다.

우리가 그들에게 존경과 찬사를 아끼지 않는 이유가

거기에 있다.

해석의 차이, 인생의 차이

가난한 집안에서 태어난 두 형제가 있었다.

똑같은 환경에서 자랐지만,

30년 후 한 사람은 대학교수가 되었고,

다른 한 사람은 거리에서 구걸을 하며 살고 있었다.

무엇이 두 형제의 삶을 이렇게 다르게 만들었을까?

두 형제를 취재하던 기자가 액자 하나를 발견했다.

어린 시절부터 벽에 걸려 있었던 그 액자에는

특별한 글귀가 새겨져 있었다.

기자가 액자에 적힌 글이 뭐냐고 형제에게 물었다.

그러자 형이 먼저 대답했다.

"저건 'Dream is no where(꿈은 어디에도 없다)'잖아요."

그러자 동생이 손사래를 치며 말했다.

"'Dream is now here(꿈은 지금 여기에 있다)'라고 읽어야지, 형!"

그제야 기자는 두 형제의 삶이
그렇게 달라진 이유를 알 수 있었다.
사소한 띄어쓰기의 차이에서 시작된 해석의 차이가
두 형제의 삶을 완전히 바꾸어 놓은 것이다.

오늘 내가
생각하고 말하고 행하는 것들이
나의 내일을 만드는 것들이다.

리더의 자격

링컨 대통령이 집무실에서 자신의 구두를 닦고 있었다.

그때 백악관을 찾아온 친구가 그 모습을 보며 말했다.

"아니, 명색이 대통령이라는 사람이 구두를 직접 닦나?"

그 말에 링컨은 이렇게 대답했다.

"그렇다고 대통령이 남의 신발까지 닦아줄 순 없지 않나."

미국의 33대 대통령인 해리 트루먼은

임기를 마치고 백악관을 떠나던 날,

비서나 보좌관들의 도움 없이 직접 짐을 꾸렸다.

그런데 생각했던 것보다 짐이 많아서 힘에 부치자

이렇게 투덜거렸다고 한다.

"이렇게 짐이 많은 줄 알았다면 대통령을 한 번 더 할 걸."

허세와 권위를 내려놓고

매사에 겸손함을 잃지 않는 사람,

이것이 바로

믿고 따를 수 있는 지도자,

존경 받는 리더의 모습이다.

부러우면 진 것이다

한 마을에서 나고 자란 친구가 있었다.

한 친구는 동네에서 알아주는 부자가 되었고

다른 한 친구는 가난하게 살았지만

두 사람의 우정은 여전했다.

그들에겐 공통의 관심사가 있었다.

배를 타고 남쪽의 먼 바다를 여행하는 것이었다.

어느 날 가난한 친구가 부자 친구를 찾아와 물었다.

"며칠 후에 남쪽 바다로 떠나려는데 같이 가겠나?"

부자 친구는 이렇게 되물었다.

"아니 배 한 척도 없는 자네가 그 먼 곳까지 어떻게 간단 말

인가? 나는 몇 년 전부터 배 살 돈을 모으고 있네."

그 말에 가난한 친구는 웃으며 대답했다.
"배는 무슨, 물병과 밥그릇 하나면 충분하지."

며칠 후 가난한 친구는 예정대로 남쪽 바다로 떠났고,
1년만에 여행을 마치고 고향으로 돌아왔다.
그때까지도 여행준비가 안된 부자 친구는
가난한 친구의 여행담을 들으며 한없이 부러워만 했다.

아무것도 하지 않으면
아무 일도 일어나지 않는다.

세상에 완벽한 계획이란 없고,
실행이 따르지 않는 계획은 그저 공상일 뿐이다.

끝까지 버티기

9만 위엔으로 한약 제조법을 사들여서
증시상장을 통해 54억 위엔의 거부가 된
'타이타이(太太) 제약'의 주바오궈 회장.
그에게 한 기자가 성공비결을 물었다.
"회장님의 성공비결은 무엇입니까?"
"성공비결? 끝까지 버티는 것이오."
기자는 또 한 번 질문을 던졌습니다.
"그럼 두 번째 성공비결은 뭡니까?"
"끝까지 버티는 것이오."
기자가 세 번째 성공비결을 물었지만
그는 단호하게 한마디만 되풀이했다.
"역시 끝까지 버티는 것이오."

"이 세상의 실패 중 75%는 끝까지 버텼더라면
반드시 성공할 수 있는 일이었다."
발명왕 에디슨의 말이다.

빌 게이츠는 이렇게 말했다.
"목표를 정했으면 끝까지 물고 늘어져야 합니다.
성공한 사람들은 머리가 좋아서가 아니라
한 번 정한 목표를 끝까지 포기하지 않았기 때문입니다."

확실한 목표를 정하고
포기하지 않고 끝까지 버티고 물고 늘어지는 것,
그것보다 확실한 성공비결은 없다.

포기하지 않는다면

화가를 꿈꾸는 '스파키'라는 소년이 있었다.

그는 학창시절 전 과목 낙제점을 받기도 했고,

고등학교 때는 물리시험에서 0점을 받아서

개교 이래 최악의 성적을 받은 학생으로도 유명했다.

그의 주변에는 친구도 여자도 없었다.

만년 열등생으로 살았던 스파키였지만

그에게도 자신 있는 일이 하나 있었다.

그림 그리는 일이었다.

고등학교를 졸업하던 해에 스파키는

자신이 그린 만화를 졸업앨범 편집부에 보냈지만

보기 좋게 퇴짜를 맞았다.

하지만 그는 실망하지 않았다.

졸업 후에 그는 월트디즈니에 직접 편지를 써서

자신의 만화를 평가해달라고 요청했다.

다행히 몇 가지 그림을 그려 보내라는 답장을 받았고,

스파키는 몇 날 밤을 새워가며 정성껏 그림을 그렸다.

하지만 이번에도 결과는 역시 '안 되겠다'는 소식이었다.

그래도 스파키는 실망하거나 포기하지 않았고

만년 열등생으로 살았던 자신의 성장기를 만화로 그렸다.

그 만화의 주인공이 바로 '찰리 브라운'이었다.

그 만화로 스파키는 세계적인 유명인사가 되었다.

그의 이름은 '찰스 슐츠'였다.

포기하지만 않는다면 꿈은 반드시 이루어진다.

무언가 이루고자 하는 것이 있다면

오직 지속적인 실행만이 답이다.

진짜를 알아보는 눈

미국의 인디애나 주의 한 레스토랑 앞에

자동차 한 대가 멈춰서더니 중년의 사내가 내렸다.

그 사내는 다짜고짜 주방으로 들어서더니

주방을 빌려달라고 했다.

"제가 치킨을 맛있게 요리하는 특별한 비법을 알고 있습니

다. 한번만 이곳에서 요리할 수 있도록 해주세요."

황당한 요구였지만 요리사는 흔쾌히 주방을 내주었다.

사내가 만든 치킨 요리는 경험하지 못한 놀라운 맛이었다.

요리사는 곧바로 레스토랑 오너에게 연락을 했고,

오너는 사내가 운영하고 있던,

도산 위기에 처한 레스토랑 체인점을 인수했다.

그 사내는 KFC의 창업자 커널 샌더스였고,
그에게 주방을 내준 요리사는 데이브 토머스였다.

커널 샌더스의 치킨 요리법을 알아본 데이브 토마스는
오너가 인수한 KFC의 경영 책임자가 되었고,
오늘날의 KFC의 원형을 만들었다.
훗날 그는 '웬디스'의 창업자로 이름을 남긴다.

진짜 눈에 진짜가 보이고,
프로는 프로를 알아본다.

나이는 핑계에 불과하다

미국 최고의 민속화가로 불리는 그랜드마 모제스.
10남매를 길러낸 평범한 주부였던 그녀는
일흔다섯에 그림을 그리기 시작했고,
백한 살의 나이로 세상을 등질 때까지
무려 1천6백 점의 작품을 남겼다.

그녀는 말한다.
"열정이 있는 한 늙지 않는다."

'원시적인 눈을 가진 미국의 샤갈'로 불리는 해리 리버만.
과자 도매상을 운영하던 리버만은
칠십에 은퇴를 하고, 노인클럽에서 체스를 두며 지냈다.

어느 날 체스 상대가 없어 멍하니 있던 그에게
자원봉사자가 미술실에 가서 그림을 그려보라고 권했다.
처음 하는 일이라 두려운 마음도 있었지만
그날 이후 그는 매일 미술실에서 그림을 그렸다.
그리고 81세에 본격적으로 미술수업을 받았고,
101세가 되던 해에 22번째 개인전을 가졌다.

나이도 많고 붓 잡는 법도 몰라서 시작할 수 없다는 그에게
자원봉사자는 이렇게 말했다.
"제가 보기엔 연세가 문제가 아니라,
할 수 없다고 생각하는 마음이 더 문제인 것 같아요."

추억이 많아지면 늙은이가 되고
꿈이 많으면 나이에 관계없이 젊은이가 된다.
나이는 핑계에 불과하다.
무언가를 시작한다면
그때가 가장 좋은 때이고 가장 젊을 때이다.

천재는 없다

미국의 32대 대통령 프랭클린 루스벨트는

'연설의 천재'로 불렸다.

어느 날 한 신문기자가 그에게 연설을 부탁하자

루스벨트는 이렇게 대답했다.

"내일 연설을 해달라고요?

그럼 아직 20시간 정도 남았으니까

15분짜리 연설이라면 가능하겠네요."

그 말에 신문기자가 되물었다.

"고작 15분 연설하는 데 20시간이나 필요하단 말인가요?"

루스벨트는 원고지 1장 분량의 연설문을 작성하는 데

평균적으로 1시간 정도를 고민하며 썼다고 한다.

원고지 1장은 1분 정도의 연설 분량이었다.

그래서 15분짜리 연설을 준비하기 위해서는

기본적으로 15시간이 필요했고,

거기에 수면시간을 포함해서 20시간을 말했던 것이다.

루스벨트는 연설의 천재로 태어난 것이 아니었다.

치열한 노력으로 만든 결과였다.

남다른 재능을 타고날 수는 있지만

그것을 꽃피우는 건 노력에 달렸다.

지금 하는 일을 좋아하라

대학에서 경영학을 공부한 두 사내가
나란히 백화점에 취업 했다.
두 사내에게 맡겨진 첫 일은
엘리베이터에서 고객을 안내하는 일이었다.

한 사내는 자신에게 주어진 일에 크게 실망하고
며칠 후 백화점을 그만두었다.
다른 한 사내는 하루하루 즐겁게 보내고 있었다.
일자리가 있다는 사실에 감사했고,
엘리베이터에서 많은 고객을 직접 만나는 일도
고객들의 성향을 파악할 수 있는 좋은 기회라고 여겼다.

몇 년 후,

그 사내는 핵심부서의 책임자가 되었고,

그것을 발판으로 백화점의 최고 경영자 자리까지 올랐다.

전 세계에 1,660개의 매장을 가진 백화점의 최고 경영자,

사람들은 그를 '백화점의 왕, 페니'라고 불렀다.

그가 최고의 자리까지 오를 수 있었던 비결은 하나였다.

매순간 자신에게 주어진 일에 최선을 다했던 것이다.

좋아하는 일이 따로 있는 것이 아니다.

지금 주어진 일에서 즐거움을 느끼고 의미를 찾아낼 때

누구나 그 일을 좋아하게 된다.

최고가 되는 비결

"나는 칠십 평생에 벼루 열 개를 밑창 냈고
붓 일천 자루를 몽당붓으로 만들었다."

조선시대 대표적인 명필인 추사 김정희가
친구 권돈인에게 보낸 편지의 한 구절이다.
얼마나 먹을 갈아야 벼루를 밑창 낼 수 있을까?

서성(書聖)으로 불리는 중국의 왕희지도
자신만의 서체를 얻기 위해
연못이 까매지도록 먹을 갈았다고 한다.
얼마나 많은 먹을 갈아야 연못이 까매질까?

"하루를 연습하지 않으면 내가 알고,
이틀을 연습하지 않으면 아내가 알고,
사흘을 연습하지 않으면 청중이 안다."
20세기 최고의 지휘자 레너드 번스타인의 말이다.

못생긴 나무가 산을 지키고
어리석은 사람이 산을 옮긴다고 했다.
이제껏 세상을 바꾸어 온 것은
타고난 재능보다 끊임없는 연습이었다.

이런 말이 있다.
'한 일(一)자를 10년 쓰면
붓끝에서 강물이 흐른다.'

붓끝에서 강물이 흐르도록
그 무언가에 매달려본 적이 있었던가?

누가 더 행복할까?

"백만장자와 자식 열 명을 가진 사람 중에
누가 더 행복할까?"

어느 초등학교의 수업시간에
한 선생님이 학생들에게 한 질문이다.
한 아이가 손을 번쩍 들며 대답했다.
"자식 열 명을 가진 사람이 더 행복할 것 같아요."
"그래? 왜 그렇게 생각하지?"

선생님의 질문에 아이는 이렇게 대답했다.
"백만장자는 억만장자가 되려고 애를 쓰겠지만
자식이 열 명인 사람은 더 이상 자식을 원하진 않을 테니까요."

행복은 많이 가지는 것이 아니라
지금 내가 가진 것에 만족하는 것이다.

행복의 최대 걸림돌이 욕심이다.
그렇다고 욕심 없이 살기도 쉽지 않다.

욕심은 선택의 문제이다.
오늘 행복할 것인지,
아니면 내일 행복할 것인지.

씨앗을 파는 가게

한 마을에 작고 예쁜 가게가 새로 생겼다.
가게의 이름은 '무엇이든 파는 가게'였다.

어느 날 한 여인이 가게를 발견하고는
호기심 가득한 얼굴로 가게 안으로 들어갔다.
가게 주인은 따뜻한 미소로 여인을 반겨주었다.

"이 가게에선 무얼 파나요?"
여인이 묻자 주인이 대답했다.
"저희 가게에선 손님이 원하는 건 뭐든지 다 팝니다."
주인의 대답에 여인은 잠시 생각에 잠겼다가
자신이 늘 소망하던 것들을 주문했다.

"음, 사랑하고 행복, 지혜하고 자유를 주세요."

여인의 주문에 주인은 난처한 표정을 지었다.
"어떡하죠? 손님, 저희 가게에서는 열매는 팔지 않습니다.
여기서는 씨앗만 팔고 있답니다."

인생이란 밭에서 얻게 되는 소중한 가치들은
이른 봄부터 밭 갈고, 씨 뿌리고, 김매고,
땡볕 아래서 흘린 수많은 땀으로 키워낸 결과물들이다.
그러기에 그처럼 깊고 달콤한 맛을 품고 있는 것이다.

〈대추 한 알〉이란 시의 한 구절이 떠오른다.
"저게 저절로 붉어질 리는 없다.
저 안에 태풍 몇 개
저 안에 천둥 몇 개
저 안에 벼락 몇 개 "

좋은 마을엔 좋은 사람만 산다

한 마을에 낯선 중년의 사내가 나타났다.

사내는 마을 어귀에 앉아 있는 노인에게 물었다.

"어르신, 이 마을엔 어떤 사람들이 삽니까?"

노인은 대답 대신 사내에게 되물었다.

"당신이 살았던 마을엔 어떤 사람들이 사시오?"

사내는 미소를 지으며 대답했다.

"다들 착한 사람들이지요.

저는 그 마을에서 사는 동안 행복한 기억들이 많았답니다."

그러자 노인은 이렇게 대답했다.

"이 마을 사람들도 모두 착하고

행복한 기억들을 많이 가진 사람들이라오."

며칠 후, 그 마을에 또 다른 사내가 나타났다.

그 사내 역시 노인을 발견하고 질문을 던졌다.

"노인장, 이 마을에는 어떤 사람들이 삽니까?"

이번에도 노인은 사내에게 되물었다.

"당신이 살았던 마을엔 어떤 사람들이 사시오?"

사내는 얼굴을 찡그리며 대답했다.

"제가 살았던 마을은 정말 끔찍했답니다.

다시는 그곳을 떠올리기도 싫을 만큼 말이오."

그러자 노인은 이렇게 대답했다.

"아마 이 마을 사람들도 끔찍하기는 마찬가지일 거요."

좋은 마을, 나쁜 마을이 따로 있지 않다.

내가 선행을 베풀면 그곳이 좋은 마을이 되고

내가 악행을 일삼으면 그곳은 나쁜 마을이 된다.

촛불 하나의 가치

어느 부잣집에 손님이 찾아왔다.

마침 촛불 두 개를 켜고 책을 읽고 있던 부자는

촛불 하나를 끄고 정중히 손님을 맞았다.

손님은 사회복지단체에서 나온 사람이었고,

부자에게 기부금을 부탁했다.

잠시 뭔가를 생각하던 부자는

무려 5만 달러의 기부를 약속했다.

사회복지단체 직원은 깜짝 놀라면서 다시 확인을 했다.

"선생님, 정말로 5만 달러를 기부하시겠다는 말입니까?"

"왜 그러십니까? 기부금액이 너무 적은가요?"

"아닙니다. 사실은 생각보다 큰 금액에 놀랐습니다.

제가 이 집에 들어올 때 선생님은 책을 읽고 있다가

촛불 하나를 끄고 나서 저를 맞아주셨습니다.

순간 저는 지나치게 검소한 분이라 생각했고,

그래서 기부금을 받기가 쉽지 않을 것이라고 여겼거든요."

부자는 빙긋이 미소를 지으며 말했다.

"책을 읽을 때는 두 개의 촛불을 켜야 하지만

이렇게 이야기를 나눌 때는 촛불 하나로 충분합니다.

제가 기부한 5만 달러는 이렇게 아낀 촛불의 가치입니다."

세상 모든 것의 시작은

항상 작고 하찮은 것에서 출발한다.

그래서 '티끌 모아 태산'이라고 했다.

제 아무리 높은 빌딩도

벽돌 한 장 없는 것으로부터 시작된다.

천천히, 하나하나!

적당한 거리

온몸이 가시로 덮인 고슴도치도
겨울이 오면 추위를 이겨내기 위해
서로를 끌어안고 지낸다고 한다.

처음에는 너무 가까이 다가가서
가시로 서로를 찌르게 되지만
몇 번의 시도 끝에 적당한 거리를 찾아낸다.
서로를 다치게 하지 않으면서
서로의 체온을 느낄 수 있는 최적의 거리를 찾은 것이다.

인간관계도 이와 다르지 않다.
너무 가까운 사이는 서로에게 상처를 주기 쉽고

그렇다고 너무 멀어지면 아예 무관심해지게 된다.

사는 동안 상처를 주고받는 것을 피할 수 없지만
조금이라도 상처를 덜 주고 상처를 덜 받는
최적의 거리를 찾아야 한다.
그 거리가 가장 편안한 관계를 만들어 준다.

밭을 지키는 파수꾼

한여름 폭염 속에서 잡초를 뽑고 있던 농부가
하늘을 올려다보며 짜증을 냈다.
"하느님은 쓸데없이 왜 이런 잡초를 만들어서
나를 힘들게 하는 거야?"

마침 근처를 지나던 노인이 농부의 말을 듣고 한마디 했다.
"이보시게, 세상에 쓸데없는 것은 없다네.
세상만물에는 다 존재의 이유가 있지.
그 귀찮은 잡초가 사실은 자네 밭을 지키는 파수꾼이라네."
노인의 말에 농부가 발끈했다.
"이까짓 잡초가 무슨 파수꾼이란 말이오?"
노인은 차분하게 말을 이어갔다.

"비가 올 때는 밭의 흙이 쓸려 내려가지 않게 하고
가물 때는 먼지나 바람의 피해를 막아주고 있지 않은가.
잡초가 없다면 작은 비에도 못 버티고 쓸려가 버릴 걸세."

세상만물 중에 쓸데없는 것은 없다.
꽃은 꽃대로, 잡초는 잡초대로
나름의 의미와 역할을 충실히 하고 있는 것이다.

겨울철 햇빛을 가린다고 나무를 베어버리면
한여름 땡볕을 피할 그늘이 사라지게 된다.

집착을 버려라

수행 중이던 두 수도승 앞에 개울이 나타났다.
밤 사이 내린 비로 개울물이 불어나면서
징검다리가 물에 잠겨 보이지 않았다.
아리따운 처녀 한 명도 개울을 건너지 못해
발만 동동 구르고 있었다.

그때 둘 중에 나이가 지긋한 수도승이
처녀에게 등을 내밀어 업고 개울을 건너게 해주었다.
처녀는 감사의 인사를 하고 걸음을 재촉했고
두 수도승도 다른 길로 걸음을 옮겼다.

그렇게 십 리쯤 걸었을까.

젊은 수도승이 나이든 수도승에게 말을 걸었다.

"사형, 아까 그 일 말입니다."

"그 일이라니?"

"아까 사형께서 처녀를 업고 개울을 건너게 해 주었는데,
누군가를 도와주는 건 좋지만 여자를 업는 건 계율에
어긋나는 것 아닙니까?"

그러자 나이든 수도승이 웃으며 말했다.

"아, 그 일 말인가! 난 그 처녀를 개울가에 내려놓고 왔는데
사제는 아직도 그 처녀를 업고 있는 모양이구만."

젊은 수도승은 얼굴이 발갛게 달아올랐다.

관심이 지나치면 집착이 되고,
집착은 고뇌와 욕심의 근원이 된다.

인생을 단단하게 만드는 것들

우리 땅에서 자라는 개나리를 호주 땅에 심으면
가지와 잎이 무성하게 자라지만 꽃은 피지 않는다고 한다.
개나리뿐만 아니라 진달래, 철쭉, 라일락, 백합도
꽃을 피우지 못한다고 한다.
그 이유는,
호주에 추운 겨울이 없기 때문이란다.
개나리, 진달래, 라일락, 백합 등의 식물은
겨울 특유의 저온상태를 거쳐야만 꽃을 피우는데,
이를 '춘화현상春化現象'이라고 부른다.

가을보리가 봄보리보다 맛도 좋고 수확량도 월등한 것도
겨울 추위를 견디며 자라기 때문이다.

요즘엔 봄꽃을 가을에도 피게 하려고
꽃씨를 냉동시켰다가 원하는 때에 파종하기도 한다.
인공적으로 저온의 환경을 만들어 준 것이다.

시련은 우리에게 고통으로 다가오지만
고통의 시간이 지나가면 인생은 더욱 단단해진다.

나뭇가지에 집을 짓는 새들은
바람이 가장 강한 날 집짓기를 한다고 한다.
바람이 고요한 날 지은 집은
작은 바람에도 흔들리고 쉽게 허물어지기 때문이다.

누가 더 절박한가?

사냥개가 노루를 쫓고 있었다.

잡힐 듯 잡힐 듯 잡히지 않고

좁혀질 듯 좁혀지지 않는 둘의 거리….

앞서가던 노루가 죽을힘을 다해 도망가면서

뒤쫓아 오는 사냥개에게 말했다.

"너는 절대로 나를 잡을 수 없어."

그 말에 자존심이 상한 사냥개가 물었다.

"내가 널 못 잡는다고? 왜 그렇게 생각해?"

노루는 이렇게 대답했다.

"난 목숨을 걸고 필사적으로 달리지만

넌 주인에게 칭찬받기 위해서 달리잖아."

누가 더 절박하고, 얼마나 간절한가에 따라서
승패가 갈리고 생사가 달라진다.

노루에게는 생사를 가르는 절체절명의 순간이
사냥개에게는 단지 수많은 사냥 중의 하나일 뿐이다.

게으른 자는 쉴 줄도 모른다

월트 디즈니는 무슨 일이 있어도 1년에 2주간은
복잡한 도심을 벗어나 세도나의 숲속 별장에서 보냈다.
충분한 휴식과 새로운 사업 구상을 위해서였다.
디즈니랜드의 인기상품인 '빅 선더 마운틴' 놀이기구도
이 별장에서 얻은 아이디어에서 시작되었다.

마이크로소프트사의 창업자 빌 게이츠는
1년에 두 번 호수 근처에 있는 작은 별장에서
'생각주간'이라는 혼자만의 시간을 갖는다.
그 역시 일상에 지친 몸과 마음을 자연으로 치유하면서
아이디어를 개발하고 새로운 사업을 구상하기 위해서였다.

가까이에서 볼 때 잘 보이지 않던 것들이
거리를 두고 떨어져서 바라보면 더 잘 보이는 경우가 있다.
휴식은 그런 것이다.
자연은 일상에서 무뎌진 오감을 되살려주고
충분한 휴식은 새로운 에너지를 충전시켜 준다.

"게으른 사람은 휴식을 즐기는 방법을 모른다."
영국의 은행가이자 과학자인 존 리벅의 말이다.

휴식을 즐길 줄 모르는 것도 게으름의 하나다.

우주인을 선발하는 특별한 기준

"지구는 푸른빛이었다."

1961년 4월 12일 보스토크 1호를 타고

1시간 29분 만에 지구 상공을 일주해

인류 최초의 우주비행에 성공한 유리 가가린이

우주에서 지구를 바라보며 한 말이다.

인류 최초의 유인 우주선에 탑승할 우주인 선발대회에서

최종 2인까지 올랐던 유리 가가린은

경쟁자보다 2kg이나 더 나가는 체중 때문에

탈락의 위기에 처해 있었다.

그때 프로젝트 최종 책임자인 세르게이 코롤료프 박사는

과감하게 유리 가가린을 선택했다.

예상 밖의 파격적인 결정에 동료들은 의아해하며

코롤료프 박사에게 이유를 물었다.

박사의 대답은 간단명료했다.

"체중이 문제라면 짐을 줄이지, 뭐. 가가린은 웃는 얼굴이

좋잖아."

웃는 사람은 마음이 안정된 사람이고,

그런 사람이 인류 최초의 우주인에 적합하다는 것이

코롤료프 박사의 생각이었다.

웃는 얼굴 때문에 인류 최초의 우주인이 바뀐 것이다.

데일 카네기는 말한다.

"웃는 얼굴은 1달러의 자본도 들지 않지만

100만 달러의 가치를 낳는다."

마음만 먹는다면 누구나

지금 당장 100만 달러의 자산가가 될 수 있다.

인기 있는 사람이 되는 법

친구가 모이는 사람과
친구가 떠나는 사람의 차이점은 무엇일까?

그 차이점은 대화법에 달렸다고 한다.

친구가 떠나는 사람은 친구들과 대화를 할 때
부정적인 뉘앙스의 단어를 많이 쓴다고 한다.
"그건 아니지."
"아냐, 틀렸어."
"네 생각이 잘못된 거지."

친구가 모이는 사람은 대화를 할 때

지적이나 비판보다는 친구의 말에 호응을 잘한다고 한다.

"그래? 정말?"

"세상에! 그런 일이 있었어?"

"어떡해?"

내 말의 잘못을 지적하고

나를 가르치려드는 사람을 좋아하는 사람은 없다.

내가 이야기할 때 경청하는 태도를 보이고

적절하게 호응과 추임새를 넣어주는 사람,

그 사람은 누구에게나 환영받는 좋은 친구가 된다.

결정적인 순간

"위기危機라는 단어는 두 가지 뜻으로 이루어져 있다.
하나는 '위험하다'는 뜻이고, 하나는 '기회'라는 뜻이다."
존 F. 케네디의 말이다.

위기가 곧 기회라는 말은
특히 스포츠 중계에서 아나운서들이 많이 사용한다.
실제로 축구 경기에서도 실점의 위기를 잘 넘기면
곧바로 득점의 기회가 오는 것을 자주 보게 되고,
야구 경기에서도 위기를 맞은 한 이닝을 잘 마무리하면
곧바로 다음 이닝에서 찬스를 맞아하는 것을 보게 된다.

F1 자동차 경주에서는

승패가 뒤바뀌는 결정적 순간을

'클러치clutch'라고 부른다.

자동차 경주는 0.0001초 차이로 순위가 바뀌고,

1위와 10위의 기록 차이가 대부분 1초 이내여서

한 순간도 긴장을 늦출 수 없지만

특히 곡선구간을 '클러치'라고 부른다.

직선구간은 누구나 안전하게 속력을 낼 수 있어서

순위 변동이 힘들지만, 곡선구간은 위험한 구간이면서

동시에 역전을 노릴 수 있는 결정적인 구간이기에

레이서들은 주로 곡선구간에서 속도를 높이며 승부를 건다.

사고로 이어질 수 있는 위험한 순간이지만

승부를 뒤집을 수 있는 기회의 순간이기 때문이다.

인생에도 클러치의 순간이 찾아온다.

문제는 그것을 위기로 볼 것인가,

아니면 기회로 삼을 것인가에 달렸다.

농부의 가르침

젊은 선비가 들판을 지나다가

소 두 마리로 밭을 갈고 있는 농부를 발견했다.

선비는 가까이 다가가 농부에게 물었다.

"저 두 마리 중에 어떤 소가 더 밭을 잘 갑니까?"

농부는 일손을 멈추고 밭두렁으로 걸어 나오더니

조심스럽게 귓속말로 속삭였다.

"누런 황소가 밭을 더 잘 간답니다."

선비가 농부에게 다시 물었다.

"아니, 그 얘기를 왜 귓속말로 하는 게요?"

그 말에 농부는 더 작은 목소리로 대답했다.

"저놈들이 비록 가축이지만 자신을 험담하는 것은 싫어한

답니다."

"······!"

선비는 둔기로 한 대 얻어맞은 듯
한동안 그 자리에서 움직이지 못했다.

그날 이후 선비는
'짐승에게도 함부로 말하지 말라'는 농부의 가르침을
평생 가슴에 새겼고,
훗날, 정승의 자리까지 올랐다.

상대가 누구이고, 어떤 처지에 놓여 있든
언행을 조심하고 살펴야 한다.

Happy Together

해피 투게더

글쓴이 | 곽동언
펴낸이 | 우지형

인　쇄 | 하정문화사
재　본 | 동호문화
일러스트 | 방승조
디자인 | Gem

펴낸곳 | 나무한그루
주　소 | 서울시 마포구 독막로 10, 성지빌딩 713호
전　화 | (02)333-9028　**팩스** | (02)333-9038
E-mail | namuhanguru@empal.com
출판등록 | 제313-2004-000156호

ISBN 978-89-91824-53-9　03810

값 3,800원